개소리

개소리

펴 낸 날   2023년 12월 15일

지 은 이   김영환
펴 낸 이   이기성
기획편집   이지희, 윤가영, 서해주
표지디자인 이지희
책임마케팅 강보현, 김성욱
펴 낸 곳   도서출판 생각나눔
출판등록   제 2018-000288호
주   소   경기 고양시 덕양구 청초로 66, 덕은리버워크 B동 1708호, 1709호
전   화   02-325-5100
팩   스   02-325-5101
홈페이지   www.생각나눔.kr
이 메 일   bookmain@think-book.com

• 책값은 표지 뒷면에 표기되어있습니다.
  ISBN 979-11-7048-639-8(03810)

개소리

김영환 아홉 번째 시집

김변리사의 오픈 다이어리

생각나눔

차·례

시 작품

개소리

등걸로만 선
아파트 숲속

새벽 개 짖는 소리
베란다를 창을 넘는다

첫날은 뭔가 했고
이튿날은 왠가 했다가
사흘째부터는 기다린다

산을 등지고 들판을 아름 안은
동네를 일깨우던 그 기상을
소환하는 앙칼진 모닝콜

쥔네를 까맣게 졸여 내는

장닭보다 적은 몸집일

닭을 모창하는 개

강가에서

흐르는 물길에 해묵은

시절 얼룩을 씻어냅니다

한쪽 끝을 잡고 내맡기면

포말의 세탁 수류가 일어

제 속으로 안고 떠내려갑니다

물살을 거슬러서 꺼내 듭니다

삶아 헹군 기저귀로 하얗습니다

시선을 치켜올립니다

잘 마른 옷으로

갈아입은 듯합니다

별을 헤는 밤

한 올의 빛도 소리도 없어

눈과 귀를 더듬어 보는 밤

앞이 캄캄하니까

너무 외로우니까

아래를 내려다본다

안 보이는 바닥이 무서워

내렸던 고개를 들어 젖힌다

하나 둘 셋 넷

하나 둘 셋 넷

생각 없이 세고 있다

부부

두물머리와 아우내

양수리로 병천으로도 부르더군

운길예봉의 산세와 물풍경으로

귀울림과 입맛으로 갈무리된 곳

서로를 볼 수도 알 수도 없었던

산과 계곡을 흘러내리다가

시키는 대로 망설임 없이

상대에게 입수한 물길

위태의 숱한 곡절 끝에

한강으로 금강으로 늙어

한바다로 드는구려

일회용 (1)

발 벗고 매무새를 고치고선

두 눈 내리뜬 앞으로 다가가

두 손 모아 공손하게 거머쥔

빼빼로 발갛게 달궈서 꽂고

단 위에 하얀 꽃을 얹는다

머리를 바닥으로 내린다

비켜 나와 자리를 해서

종이밥에 종이술을 넘긴다

앞 이에게 전보를 친다

잔 비었노라고

막 버려진 곳에서

일회용이 일회용

잔을 들어 마신다

불어라 바람아

바람은
구름의 날개
그 구름들 어디로 갔나

목련의 목을 분질러서
바닥으로 떨군 야반도주

허리 가는 분홍 가을을 인
코스모스를 툭툭 쳐대던 길손

위층 아내의 품으로 들어
프라다 흔들며 나섰다지

기어코 구덩이로 기어들어
밭둑에 버려진 허연 장딴지

스쳐 지났을 뿐인데
허옇게 바랜 머리칼

無常의 DNA

속 상한 속

은빛 멸치를 쫓아
표층을 떠다니기도

멀어진 갯가 깊어진 물속
맑은 날에도 짙은 어둠의
바닥에 얹힌 심해어

하늘이 설핏 보이는
낙엽을 덮고 자던 때가
외려 좋았지

눈 녹자 싹 내미는 낱알들과
긴 몇 년을 동무하며 지내다
데워지고 물컹해진 대지를 나서
설움의 암흑 시절을 악에 받쳐

질러대던 그네들이 부러웠지

깊은 물속
캄캄한 땅속에서
들리지도 보이지도 않을
설운 몸짓으로 고함쳐 본 다우

                                    – 마이너스 통장 잔고가

주낙 대장

희끔하니 멀리 선 울산바위

뒤틀린 꼬부랑 할미 공옥진이
반길듯한 동해 고성 공현진항

야마하 선외기 앞둔 맨바닥에서
오십 줄 동네 청년 둘이서 바구니
가득 담긴 바늘에 생미끼를 꿰며
주고받는 말을 아닌 척 엿듣는다

"몇 마리 예상하나"
"오십 마리 이상"

비켜 일어나 걸진 목소리로

"바다 놈은 장담하는 게 아니야"

도량석

바위 등짐 진 산속 무거암

겨우 벗긴 깡마른 등거죽엔

가득하니 정갈한 빗살 무늬

노스님의 싸리비 비질 끝에

밤을 건너온 달과 별이 이울고

닿지 않던 등짝이 벅벅 긁힌다

품 너른 햇싸리비는 기대어 섰고

닳고 닳아 위아래가 따로 없는

몽당 싸리비가 무명을 깨우고

번뇌를 쓸어내는 목탁이려니

의미심장

좌심실 우심실
우심방 좌심방
집 한 채로 치자면
거실과 방이 둘씩이네
속 좁은 내 안에 자리한
평수 너른 마음 칸이라니

지금 여기는

달리는 두 산맥 사이를
내리던 물길이 멈칫하는
구포 호포 윗자리

양날 깡통 썰매의
롱 슬라이딩이 이어지는
살가운 쎄무천의 품속

에리트 아님 스마트 검정 교복에
민 대갈통 중이 때의 물금역 발
수학여행을 되새김질하는
무궁화호 2호차 10D
강 측 일등 전망이지요

다음 정차역은 원동역

해외 토픽

내·외 없이 자리로

초배지로 때론 도배지로

가위 아귀 지나선 화장지로

나아가서는 춤 안의 지전과

푸줏간 덩이 고기를 감싸던

신문지가 사라진

아침 거실

대용 티브이가

한 소식을 전한다

"104세 할머니의 스카이다이빙"

내리기 전 고글 안

눈매가 맑고 밝다

수다의 친구들이랑 남편,
덧대어 사 남매 자식까지
진즉에 오른 하늘나라를
깜짝 방문한 숨 가쁜
기쁜 이 순간

개들처럼

어린이집과 요양원을 지나온 길을
희고 검고 잡다한 원산지도 종자도
모를 개들이 쥔네를 이끌고 갑니다

몸집도 털색도 다르지만
마주치면 반갑다고 킁킁대며
줄에 이끌려 가던 돌보미들을
한참이나 길 위에서 벌세웁니다

똥을 싸면 기꺼이 수발합니다

젊은 부부의 유모차를 봅니다
생태파괴 종이 담겨 있습니다
문득 아이디어가 솟구칩니다

인구 절벽의 숙제는

외래종들을 편애하는 마음으로

피부색과 국적을 가리지 않고

입양과 이민을 허용하면

단박일 거라고

도로 공사

구미발 부산행 열차에 올라
너머의 왜관으로 물을 건넌다

철로 위를 구르는 바퀴가
활이 되어 뚝방 레일 사이에
드러누운 강물의 귀를 씻어 준다

잠깐의 나락 들판을 지나자
아득한 다릿발의 고가를 오르고
피 한 방울 없이 꿰뚫은 터널을
한참이나 파고든다

돋움 둔덕과 고가와 터널이 바통을
이어 건네는 릴레이가 지쳐갈 무렵
몸집을 부풀리고 깊어진 속내로

아래서 내려보는 삼랑진역

어렵사리 잇고 뚫은 인력의 길을
철컹대는 소란으로 내달렸음에
공사 없이 길을 내며 저 먼저
내린 강물

산은

그대로 있기에
그대로구나

일색의 푸른 옷을 입고
디밀어 올린 민머리로
천 년 전, 만 년 전에도

서서 또는 누워서
바람을 불러와 날려 보내고
해와 달을 끄집어냈다가는
품속으로 거두어들였지

오롯한 제자리에서
한 날도 같은 날이 없는
나날을 수강했을 테지

십 년 공부나

일만 시간의 법칙은

새 발의 피요, 언 발의 오줌이려니

생각 바보

계절의 근면으로
꽃단장을 한 수변을 걷는다

길을 멈추고 돌아선
꽃단장한 중년의 여인
목례하듯 고개를 살짝 숙인다

그윽한 그녀의 시선 속에
펼쳐 하얗게 미소 짓는 구절초와
건들대듯 하늘거리는 코스모스가
꼼짝없이 포획되었겠지

시선 속 여인은
목울대를 움찔하더니
참았던 생리의 침을 뱉고서는

천변 풍경이 전후가 그대로이듯

가던 길 재촉해서 지나치더군

도

도 리 짓 고 땡

도·개·걸·윷·모

도 레 미 파 솔 라 시 도

해는 멀고 달은 가까운

파란 별 외피에 기생하는

호모 사피엔스에겐

큰 물로 떨어져 있어도

생김새와 피부색을 달리해도

흥겨운 장단은 하나

시작은 첫걸음이요

락의 밑바탕

도를 아십니까?

인상이 좋으십니다
선한 미소로 다가서며
도를 아십니까?

휑하니 지나친다

道에 관심이야 많았지만
신물 난 지금은 더는 아니지요
그깟 道야 내비가 고수 아닌가

꽂힌 도의 미련을 떨치지는 못해
한 동네 다른 내연녀로 갈아탔지요
닮은 외모 다른 성정의 度로

실은 술을 제법 했는데 더는 몸이
못 따라가서 주종을 바꾸면서
道 자리에 度를 앉혔지요
매사에

도인과의 대화

해 같고 달 같은 동그란 판에
1에서 12까지 빙 둘러 새겨진
이것은 무엇인가요?

십이지간이고
일 년 열두 달이고
수명 한계치 숫자라네

앞의 둘은 이해가 되오만
수명은 왜 그리 표시되는지요?

자네도 알 걸세
십진법이라는 거를
고로 절반인 6은 60이고
돌아 제자리인 12는 120이지

60과 120은 무슨 의미인지요?

자네도 들었겠지

시작이 반이라고

60이 절반이니 선불 보너스

절반을 엎치면 일단 다 산 거지

그래서 환갑 지났다고 다 살은 냥

꼴값을 떠는 주책도 더러는 있었지

그러면 60 이후는

어떠해야 하는지요?

그야 간단하다네

미끼 없는 빈 낚시 드리우고

찌 아닌 하늘 보며 하루를 사시게

시월 산

타고난 재주는 없으나
밥숟가락 녹슬다 보니
속에 것이 어른거려

푸르게 선 저 나무
부름켜 안쪽 물관으로
여름내 붉게 달군 울화를
올리는 게 간유리 너머로 보여

갸릉갸릉 가르릉
오름 소리도 들려

갈래진 가지로 퍼져
푸른 잎맥으로 들어서서는
불콰한 심기를 드러낼 테지

단박에 붉어지는
이목구비 바탕과는 달리

가디환승역

돌돌돌 여울 물속
돌 돌 돌 자갈돌들

어느 하나 같은 게 없고
어느 하나 빠지는 게 없다
제각기 유난한 개성이다

현재 시각
여덟시 이십오분

덤프 짐 칸 기울여
쏟아 내린 잔 자잘인 듯
내뱉어진 낱낱은
끈 풀려 플랫폼을 구르는
이승의 진주 알갱이

뒤태 문신

욕실 거울에 비껴 비친
등 푸른 고등어 한 마리
뒤틀어 어렵사리 살핀다
바탕을 지나는 겹겹의 빗살들
생을 다그쳐 온 통증의 채찍이
흉물스러운 문신을 새겨 넣었다
뒤처질세라 연신 뒤를 내리쳤었지
환호성일지 아쉬움의 탄식일지
무엇이든 결승선이 어렴풋한
여기까지 오기까지

아니 벌써

경로석 차지한 개중 젊은
햇늙은이 민쯩이 궁금하고
거실 바닥에서 폴더링하여
제 발톱 깎기가 쉽지가 않네
눈이 침침해지니 만물이
모 없이 두루뭉술하고
색을 봐도 깔을 접해도
덤덤하니 심박 느긋할세
귀 어두워 앙칼진 악다구니
쇠귀에 경일 뿐이네
전투병과 따로 없이 나와 네가
갈라서서 사즉생 침을 튀기나
외진 외야석 높은 데 앉아
지긋하니 내려다볼 뿐

생활 자전거

짐받이와 양편 고리에 말 통을
매달고 도가를 나서서는 일어나
용을 쓰며 언덕을 올랐더랬지

닭 먼저 개 먼저 일어나서는
앞바퀴 뒷바퀴 사이 프레임에
삽날을 끼우고 벌논 물고 길로
아버지를 이끌던 여명의 자전거

없는 머리칼 강바람에 휘날리며
십 리 먼 읍내 중학교에 오가다
때로는 뒤에 여자애를 앞히고선

골라 달린 울퉁길의 백허그

그런데 말이야!

철사 줄로 얽은듯한 싸이클
쫄쫄이들이 지나치면서;

"어머 저 생활 자전거 좀 봐"

충무공 격의 시호인가
그때는 맹탕 자전거였거든

킵초게*

도인의 상이요
마디마디 법문이다

도를 닦는다는 거
길을 달린다는 거
고행을 자처한다는 거

되비치는 아스팔트 불두에
견성의 매섭고도 선한 눈빛

머리는 내내 가만인 채
팔다리만 진자 운동인
정중동의 문자반 주행

타닥타닥

발길이 채가 되고

채이는 땅이 탁이 되어

디디는 불국토가 환하다

*케냐 출신의 마라토너

적자생존

생존해 있긴 한데

적자다

고무적이다

밀친 만큼 밀리고
누른 만큼 눌린다
태풍이 제자리걸음 하더냐
한낮 태양이 정지 모드이더냐
웅크린 채 지나치길 기다리다
눈치껏 제자리로 되돌아간다
받은 만큼 눌러 담아 삭혀 낸
말랑말랑하고 질긴 속내
고거이 무적이다
고무적이다

꿈꾸는 식물

선 채로 눈비 맞고
바람에 시달리지만
때 되면 꽃 피우고 열매 맺지요

백일 병동 이공일호실
흰 광목에 한글 자모 새겨진
환자복에 담긴 것도 달포 전

소물던 발길 잦아들어
사 넣은 손만 타는 신세

꼼짝없던 창밖 나무가
높게 올린 가지를 기울여
누워 한결같은 환우에게 묻는다

식물인간이라던데 꿈은 꾸세요?
뇌 없이도 꿈꾸는 우리들 같이

뇌 병변 장애라던데 걱정은 있나요?
뇌 없어 번뇌도 없는 우리들 같이

간병인이 짜증을 내며
걸레질하듯 물티슈로
흥건한 눈가를 훔친다

숟가락

제목을 써 놓고는 여즉 너른 여백

소리 내어 읽고 들린 대로 써 본다

숟가락 숯가락 숱가락 숫가락

무어라? 숫가락이라구

숫놈의 (몸)가락

그려, 숟가락이나 숫가락 모두

입술 틈새를 드나들긴 하지

생을 있게 하고

생을 잇게 하고

골똘하게 들여다보니

손잡이에 긴지름 계란 단면의

길쭉 둥근 게 붙은 것도 비슷하고

나비 효과

낙엽인가 여겼더니
하늘거리며 하늘을 오른다

검은 점 박힌 고동색 나비의
날갯짓에 이끌려 한참이나
시선으로 비행에 동승한다

무슨 의중이라도 있었는지

떨어지듯 내리는가 싶더니
속도를 낮춰 행여 제 무게에
땅이 꺼질까 사뿐히 앉는다

내린 발아래를 내려다보다가
서고 걷고 나다닐 수 있음이
딛고 선 鞏固함에 가닿아
숙인 고개를 더 내린다

어쩌다 가을

棟 현관을 나서서
고개를 치들었다가
잠시나마 입 다물고
숨을 참았다. 잠긴 줄 알고

지나다가
울긋불긋하여
꽃집인가 여겼더니
가지런한 과일 가게였다

보도에서, 채이는
누름한 종이 쪼가리
누가 버렸나 언짢았는데
플라타너스 손바닥이었네

들어서니

국화꽃 가득하길래

화원인가 여겼더니

지하 101호 특실

날마다 아침이면

노령의 치매인 어매는,

빈 방에 혼자뿐인 어매는,

뒤 골 암자 노스님보다 먼저

티브이 크게 켜서 무명을 밝힌다

채널은 오직 예의 와이티엔 뉴스

새벽잠 없는 젊은 앵커의 염주알 같이

이어지는 목(탁)소리로 감사 기도를 한다

머잖은 언젠가 닫힌 눈꺼풀 열리지 않는

캄캄한 적막의 고요만이 전부일

저승길이 꽤나 무서워서

눈 뜬 시끌벅적이 반가울세라

귀 어둠은 문틈으로 새어 나오는

생존의 새벽 신호음에 오늘도

되살아난 아침

궤적

고딩 때 어깨동무하고
시내를 쓸고 다녔던
셋이서
은퇴가 '헤쳐모여'라는
구호라도 되듯 환갑 지낸
벌건 대낮에 만났다
술시는 아직 일러 근처의
용산 국립박물관에 들어섰다
한 친구는 볼 일 없다며
아예 로비에 주저앉았다
나머지 둘은 철기시대와
선사시대로 각자의 계단을 올랐다
한참을 지나서야 철기가 도래했고,
폐관 시간에 맞춰서 선사가 뭔가에
취한듯한 상기된 얼굴로 내려왔다
셋은 한두 마디 끝에 곧바로
각자의 집을 향하고 있었다

비우기

소백산 발치의 안골

목줄에 매인 마당 강아지
개걸진 멍멍이와
한 배의 개마른 멍맹이

남겨진 것들을 담아 나온
풍기 댁 할미가 바닥 반짝이는
멍이 것과 흥건하니 말라붙은
맹이 그릇을 도리질로 훑어본다

큼지막한 동태 대가리 섞인 양재기를
혓바닥 설거지 된 멍이에게 엎어치곤
맹이를 눈 흘기며 휙 뒤돌아선다

마침 소백의 하늘 위를 낮게 지나던
희디흰 뭉게구름이 그냥 지나칠 순
없었던 겐지 한마디 건네신다

비우시게

지방 흡입

재경 중고 동문회

재경 영남 향우회

문래동 광양 철공소

당산동 밀양 돼지국밥

양재동 남원 추어탕

낙원동 함흥냉면

노량진 강구 횟집

남서울대학교

상행선

마장동 언양 불고기

역삼동 제주 오분자기

청량리 속초 아바이 순대

말은 제주로 사람은 서울로

집진통에 가득 찬 비곗덩이를

성분 분석기관에 의뢰했더니

이같이 나열되고 있네

직립보행

개가 지난다
땅바닥에 코 닿을 듯

뜻을 담는 곳이 하늘 향한
수직의 정상에 있게 함은
뭔 뜻이 있어서일 게다

두 손 땅바닥 디디지 않고
한데 모을 수 있음도
그럴 것이다

캄캄한 밤 지친 나그네가
제 팔베개로 드러누워서는
쏟아지는 별을 받을 수 있는 것도

조물주의 마땅한 뜻이

분명 있어서일 텐데

몸통

시뻘건 탕 속을 뒤적인다
온데간데없는 몸통뿐
닭의 도리는 이러한가
닭대가리의 도리인가

오 남매가 둘러앉은 저녁상에
한낮만 해도 두엄 무덤을 헤집던
붉은 마당 닭이 토막 난 난도질로
주빈으로 올랐었다

부위란 단어는 따로 없었다

국물도 감자도 당근 조각도
닭 도리였고 어쩌다 걸려든
몸통 가슴살 뭉텅 살점은

수렁에서 건진 내 딸이었다

구내식당에서 앞선 이가 개명한
닭볶음탕을 한참이나 뒤적이길래
숟가락 높이 치들어 내리칠 뻔했다

다리 날개 다 사라진
온통 몸통 앞에서

결정 장애

집 근처 중앙도서관
벽에 기대고, 바닥을 잇댄
반듯한 키높이 서가에서
사전 책 번지수 조회 없이
빼곡한 모서리를 살핀다

철로 위 기차가 길게 지나듯
흐린 초점 또한 길게 지나친다

헬스장의 갈증에 노랑 마트에 들어
서가 흉내 내는 진열대 골목을 지나
안쪽 벽 음료 코너를 풀 스캔한다

몇 번을 반복하자니 갈등 끝에
갈증이 사라진다

일백 계단 밟고 오르듯

채곡하게 쟁여 느는 건

나이뿐

교동 노인회 야유회

네댓 시간을 달려 풀려난
남해의 몽돌해수욕장

일루 와봐, 먼저 와서
좌악 널브러져 있구면

U

고요의 대양 대서양
수평선에 찍힌 점 하나
솟구치는 물벼락 불벼락
U 보트

허공의 매질을 타고
형상도 소리도 없이 다가와
눈구녕을 찢고 빈 골을 차지한
U 튜브

두 갈래로 나뉘어서
다가섬도 멀어짐도 없이
안타깝게 서로를 바라보는
U

장인 정신

드디어
장인의 반열에 올랐다
근 삼십 년을 공들이고서야
장인으로 세상에 공표되던 날
친구들이 시내 한자리에 모여
저 일인 양 진심 축하를 해 주었다
두 해 전의 일이었다
소금 단지의 황석어 마냥
암갈색으로 곰삭은 명장
엊그제 팔일오 공일날
딸 내외를 태우고 카니발을
손수 운전해서 삼팔선 경계의
물 맑은 계곡을 다녀왔다지요
사위 사랑은 누구?

첫 단추

몰려들 수밖에 없고
집값 오르는 건 당연지사고
위장 전입이라도 해야 했지요

수도 이름에
특이하게 특도 모자라
별스럽게 별까지 덧붙인
딴 나라는 없는 듯합니다

'서울특별시'라, 영어로는
'Special city of Seoul'인가?

주여

시험에 들게 마옵소서

매번 보던 건물벽의
길게 누운 간판이 새삼스럽다

'국가자격상실시험장'

국가자격을 시험으로 취득하니
기왕에 득한 자격을 시험으로
상실케 하는 시험장인가 보다

의사 변호사 회계사 등속의
전문자격사나 기사 기능사는
물론이고 1종 보통이나 중장비
국가 자격도 상실 시험을 치르나?

허구한 날 쓰잘머리 없는

패거리 짓거리로 소일하던

여의도 사각 돔 서식충들이

언제 저런 법령을 만들었다지

후에

돌 위에
돌을 얹으면
되겠거니 했다
이내 무너져 내렸다
후에 담장들이 달리 보였다

손이 없고 발이 없더냐
나간다고 어찌 될 줄 아나

내 손은 손님 손이었네
어찌 이리 될 줄이야

이 집의 손님으로 살아왔구나
전기밥솥도 세탁기도 다리미도
쥔네 손길로 살려낸 살림살이

죄다 고개를 외로 돌리며

낯선 당신은 누구냐

윽박지르네

기제사

들어서며 V자를 그리고
지리에 청하를 청한다

반듯한 사륙배 호마이카상 위로
예의 향 초 과일 포 전이 빠진
음복 맞춤용 제수들이 오른다

맞은편에 가지런히 수저를 놓고
소리 맑게 따른 잔을 올린 후
강신과 참신의 예도 없이
바로 음복에 든다

아직은 생시의 그가, 죽은 그를,
머잖아 죽을 그를 기리는 날
혼을 빼내 앉혀 놓고

혼 술을 대작하는 이

뭔 기일이 사흘이
멀다 않고 닥치는지

총량의 법칙

삼위일체

'굵고 길고 단단하게'

처음엔 느닷없다 싶더니

별로 낯 뜨겁지도 않은 카피

그래본들, 기껏 한 바가지라지요

신혼에 반틈이 채워진 콩알 바가지

채워진 만큼 퍼냈던 그 시절 방울 샘

되레 생각 없고 벗어나니

홀가분할세

딥 러닝

둑은 댐

둘은 투이고

엄마나 맘이나

똥을 덩이라 하고

많이를 매니라 하고

곰보를 엠보라 부르네

기부를 기브라 칭하고

색 쓰는 걸 섹스라 하네

들이키나 드링크나

노땅은 노 땡큐

회상

바야흐로 성하다
서걱대며 발바닥을
소금구이하던 모래사장
동해남부선이 너머로 지나는
진하해수욕장도 한창이겠지
오는 줄도 모르고 맞은 새벽
아련한 해인의 밤바다

괜스레

채울수록 허기진 것은?

: 돈

퍼낼수록 깊어지는 건?

: 마이너스 통장 잔고

만질수록 커지는 건?

: 종기

감출수록 드러나는 건?

: 분칠

다가갈수록 멀어지는 건?

: 초심

비/빛 가리개

두두두두
막상막하의
소란스런 귀두드림

동행의 고공 점프
곤두박질은 여기까지

임지의 바닥에 임박해서
동그란 솥뚜껑으로 흩어져
동그란 물바닥 낙하산을 편다

펼쳐진 햇살 되돌리듯
정수리를 향하는 살들
등을 굽혀서 기어오르고

씻겨난 마른 땅 위로
꽃술 품은 벌거지꽃들
환하게 뒤집혀 피었다

어이 상실

아무나 아무거나
마구 올리는 영상
거름망이 없다.
누구나 무슨 말이나
마구 지껄이는 소음
방음막이 없다.
뭔 짓을 해도
오냐오냐 내 새끼
금이야 옥이야 내 새끼
방책이 없다.
휩쓸려 간 지 오래다.

해탈

큰스님 깨우치신

심산의 침침한 토굴

그보다 어둡고 비좁은

몸을 옥죄는 칠흑의 땅속

동안거 기껏 석 달 남짓이고

큰스님 무문관 시절도 그닥이지

종자도 아닌 것이 땅속에 묻혀서는

육 년의 여념 없는 무명의 정진 끝에

딛고 선 땅 위 그리고 하늘 아래서

각성의 통쾌한 일갈이다

맴맴맴맴 맴맴맴맴

맴매 맴매 맴매

힘 실린 소리 채가

뒤통수를 후려친다

양수

꿰미 가득 찬 플랫폼에서
용기에 빨대를 꽂은 그녀

그제의 지하차도 양수기처럼
아마 제 몸에 가득 찬 물살을
빨아올려 뱉어내려나 보다

'⊏ +(ㅏ, ㅓ)' 계열 상표

더줌 갈비

더덮 수산

더담 청과

더내 쥬얼리

더더 성인용품

다줌 식당

다올 치킨

다옴 김밥

다앎 철학관

다해 흥신소

다남 의원

다함 용역

다감 여행사

다사 중고

다팜 슈퍼

다쌈 할인마트

중고 다컴

쓰레기통

방 안 쓰레기통을
무심코 내려보다
유심히 들여다본다
개중 팔 할은 주전부리 봉지
껍데기 담긴 통은 곧 비워지겠지
들어찼던 알맹이들은 어디에?
실한 요크셔의 허연 비계 껍데기로
잘 싸매져 있다고 아래를 향한 눈길이
쓰다듬는 손길이 듀엣으로 눈을 흘긴다
이어 욕지거리까지 뱉어낸다
너 또한 쓰레기통이라고

어쩔 수 없네

어쩔 수 없네
살아가다 보면
더는 보이질 않네
어쩔 수 없네
더는 들리질 않네
어쩔 수 없네
그리움은 홀로 커가는데
어쩔 수 없네
삶은 어쩔 수 없음을
쟁여가는 진행형 퇴적층

– 죽은 한정선을 듣다가

악다구니

길게 이어진 장마 속
사나운 장대비를 견뎌냈구나
덜 마른 물자국의 보도블록과
어제의 그곳이 맞을까 싶을
푸른 하늘 사이의 낮게 높은
모바일 마이크로 스피커마다
스위치 온/볼륨 업이다
오래 기다렸다고
배터리 잔량이 다 되었다고
광화문 쌍나팔 데시벨이 멋쩍은
악다구니로 폭염을 찢고 있다

살 전구체

횡단보도를 비껴 지나며 훔친

뒤뚱한 그녀의 열린 가방 속

편의점 햄버거와 캔 콜라

연대기

생년에서 출발한
나이야

기어 더디 가더니
일으켜 걸어가더구나
걸어 다닐 때가 좋았지

내를 만나면 홀딱 멱을 감고
하늘바라기로 고추를 말리며
지나는 구름에게 손짓했지요

가죽 구두를 신고서였지 싶어
떠밀린 종종걸음이었지
오·래·도·록

그도 지난 일

근무 교대의 새벽 거리를 거칠게
내닫는 노선버스에 몸을 얹고
무정차로 내달리고 있네
생몰의 종착역을 향해

도올 닦기

주머니에 손을 넣어
스마트폰을 꺼내 들고
생각 없이 들여다본다

없던 생각이 헝클어지고
토선생 흘레 타임에 맞춘
유튜브의 shorts에 홀리기
일수여서 뭔 수를 내야 했다

머리맡에 둔 돌자갈 박스에서
지니기에 적당하고 매끈한 겉에
호령의 포효 같은 추상화가 깃든
돌을 주머니에 휴대하고 다닌다

시도 때도 없이

돌을 꺼내 보고 돌을 닦는다

도를 접하고 도를 닦는다

문질 문질

중도

중앙시장 중앙교회
중앙고교 센터프라자
센트럴파크 카센터
중앙동 중앙청 가온자리

속세간 처처마다
부처님 가르치신
중도를 따름인 겐가

한데 되먹지 않은 이들은
모아야 할 중지를 외따로
세워 심기를 돋우는 걸까

때마침 담겨 지나던
길 구름통이 중앙시장 옆
중앙 효병원 앞에 정차했네

키스신

상상의 불쏘시개

얼굴을 붉게 달구고

아래를 불끈 힘 보태던

동시상영 미성년자 관불

이보희 정윤희 이미숙 등등

소리 내어 읽을 수 없던 단어

틈새로 잘 밀어 넣었는데

내가 하면 키스신

저늠은 플루크

또 졌다

쉴링

내리는 비를
꿈쩍 않고 맞네
시원하게 받는구나
엉덩이 밑에 깔렸던
얼굴이 씻겨 내린다
등받이 편하게 젖히고
흠씬 멱을 감는다
장마철 벤치는
쉴링 중

부대끼며

부대끼며 살아내는 거지
밀치고 들어 겨우 발을 얹는다
없는 틈새를 비집어 게임에 열중한다
살갗이 눌리고 후배위와 정상위의
교본 자세로 밀착이 될지언정
무심한 인연이요 경계의 이방인
구토의 환승역에 다다르자
내던져진 자루에서 터져 나온
알곡이 되어 좌르르 플랫폼
바닥을 뒤덮고는 무한궤도
계단을 따라 흘러내린다
과음했나 보다

술타령

A~

아니네

C1 하지 않구면

히야시 이빠이가 아니네

간만에 내려와

훌빈한 돼지국밥집서

고향 친구를 불러내듯

씨원 쏘주를 시켰지라

불러낼 친구도 더는 없듯

씨원도 더는 그 주인이 아니지

아지매요

여어 쐬주 말고

쌩탁이랑 산성막걸리

각 일 병씩 주이소

응시

손바닥 넓게 편 담쟁이 떼가

다투어 여학교 담장을 오른다

넘치는 혈류로 발기탱천하던 때

우리의 호기심도 담을 넘었었지

여전히 담장을 오르는 손아귀들이

지나는 길 구름통을 향해 손을 흔든다

세월은 저만 가지 않았나 보다

무덤덤할 뿐이네

무덤덤의 끝은 덤을 덜어낸

무덤이려나

수국

목전의 수굿한 머뭇거림

찬물로 씻어 대나무 채반에
동글게 감아올린 여름 한 끼

매를 부르는 나쁜 손으로
이끄는 막 건져낸 국수 가닥

풍성한 고봉의 야윈 보랏빛

품위와 퇴폐의 한 철 동거

차이와 반복

비잡은 전철 칸을 내리며
왕짜증 파장의 B 다음의
알파벳에 7에 하나 덧댄
아라비아 숫자를 조합해서
내뱉는 파마 머리는 어제였다
더 비잡은 오늘 아침
내리기보다는 타는 역에서
한 녀석이 나직하고 듬직한
바리톤의 노랫가락으로
내릴게요 ♬♬♪♪
미꾸라지 빠져나가듯
밀침도 부대낌도 없이
문밖으로 사라져 간다

착한 동행

자칫하면 배 닿을까
등지느러미 내비칠까
싶은 얕은 물 연못정원
곤룡포를 꽉 끼게 입은
몸집 큰 비단잉어와
자잘한 카키색 강붕어가
한 무리로 트랙을 그린다
함께 가니 조화로구나
앞서거니 뒤서거니
거느리지 않고
내쫓지 않고

경매

저승에서

이승의 한 날이

경매에 부쳐졌다

수수만년 누적된

不死의 저네들 중

손 안 든 이

아무도 없었다

전자 경매가 아니라서

일일이 살펴 낙찰하자니

기약을 할 수가 없다 하네

일타강사

야야 우짠 일이고오
너그 아들 갸가 공부 잘해
어데 일등 대학 졸업했다드만
뭔 숭악한 죄를 지았길래
얼굴 찍혀 배느빡에 붙었노

숨넘어가는 어머니의
다짜고짜 반울음 소리에
자초지종을 가늠해 본다

아차차차
학원 광고를
보신 게구나

읍내 장날 소전 담벼락에

지서 정문 베니다 가꼬에
차부 공중변소 입구에서
익히 보아왔을 그 쪼가리랑
별반 다를 게 없긴 하네
글 모리는 어매한테는

모녀 삼대

출근길 1004동 버스 정류장 앞에서
옛날식 포대기로 아기 천사를 업은
또래의 어중띤 할머니가 출근하는
아기 엄마를 손 흔든다
얼추 삼십 년 전에도
아기의 엄마를 업었겠지
아닐 수도 있을까?
며느리는 아닐까?
아닐 거야

처맞고도 웃음 짓네

서산 용현리 마애 삼존상

바위 더께 걷어 상을 내고

봉긋한 볼의 도톰한 입술의

그윽한 눈길의 미소를 새겨 넣었네

그물 덮인 까만 얼굴로 올라와서는

굽은 허리 더 아래로 조아리는

먼발치 갯마을 까막눈 할미에게

미소로 건네는 팔만 사천의

펄떡이는 법어

전하는 이 누구일까?

세존일까

석공일까

악의 꽃

한 사흘 따뜻하더니
요 며칠은 찬 기운이다

이러 구로 봄은 온다

세상 시름에 거나하게
걸친 위태의 걸음처럼
갈지자로 어렵사리 온다

그러 구로 꽃도 피겠지

광양 매화와 원동 미나리
동승해서 상경할 터이고
여의도 둘러친 벗나무도 환한
게거품을 내뱉을 것을 내사 안다

그런데, 뭔 일이래?

봄꽃에 앞질러 교차로마다
악의 꽃들이 넘실대니 말이야
약삭빠르기도 하지. 꾼들이란

네 편 내 편을 떠나 우아한 우리글로
저리 저속한 악다구니를 지어내는
문장력에 선불 조의를 표합니다

부풀어 오른 꽃망울 터질 기세인
호시절 춘삼월에 참수막인지
현수막인지 저들을 쳐낼 수는
없는 겐지

정상석

높게만 치올라 뵈는

먼발치에서 발걸음을 뗀다

들어선 사방엔 빼곡한 나무들

달리 딴 맘을 먹을 수 없기에

자폭 외길만을 따라 오른다

맛깔난 파김치로 정상에 올라

고개를 돌리면 사방 끝 끝까지가

잔물결 넘실대는 한 바다일 뿐

정상은 홀로 높은 데가 아닌

가변의 컴퍼스 디딤 발이고

수평의 중심점

장수의 비결

나는 알지요.

이걸 먹으면 됩니다.

많이 먹을수록 좋습니다.

거르지 않고 먹어야 합니다.

무병이와 함께 먹으면 좋습니다.

많이 먹어도 배부르지 않습니다.

먹을 수 있는 한 죽지 않습니다.

더 이상 먹지 못하면 죽습니다.

죽으면 더는 못 먹습니다.

허물

숲에서 흠칫 물러났다
벗은 뱀 허물이었다
허물의 현장은 또 있었다
길가의 플라타너스가
허물을 껴입고 있었다
드러내 떨어내자 드러난
매끈한 아이보리 속살이
눈길과 손길을 끌어당긴다
감춰온 나의 허물은
언제쯤 벗어낼 수 있을까?

낙장불입

타는 몸부림으로

겨우 발을 디디고 들어

찌그러져 문짝에 붙었다

다음 정차역인 금천구청 역

내리는 이에 밀려 문밖으로

튕겨났다

다시 들어서려니

살을 맞대던 탑승객들의

문을 향한 불퇴의 스크럼으로

재입장이 거부되었다

더 여유 졌을 텐데도

낙장불입이

이럴 때 쓰는 말인가?

개 호기심

오 학년 때였나?
애를 업고 들어선 거야

댐으로 물에 잠겨 멀리
강원도 어디서 전학 온 애였어
제 자리는 앞인데 뒤쪽에 앉더군
엄마 아부지 모두 품팔러 나가서
동생을 업고 오게 되었다 했지

붐빈 출근길 사거리에서
종종 마주치는 개 아가씨
개의 발걸음이 가볍다

눈길 뒷추적을 하니
옆 지산 빌딩으로 든다

개만 남겨둘 수가 없었던 걸까?

혹시 저 아가씨가 사장님인가?

개도 제 몫의 일을 하는 걸까?

뭇 다리에 갈기지 않을까?

짖지는 않을까?

찢지는 않을까?

마주칠 때마다

의문부호가 적립된다

오륙도

헛디딘 듯 뭍 멀지 않은
수면 위로 고개 내민
대여섯의 적은 섬

찰싹찰싹

한 날도 거르지 않고
찰진 물싸대기를 올린다

돌빡

되레 사정없이 쳐댄
물 손바닥의 멍이 번져
바다는 시퍼런 통증이다

뭍 바라기로 견뎌낸 세월
한 치도 다가서지 못한

신창행 첫차

흰 빗금삼선 스레빠에
맨발등을 꽂은 아이와
그 옆에 어깨를 기대고 앉은
아비임이 분명한 맞은편을
별수 없이 바라보며 생각한다
뭔 일로 새벽 지하철을 탔을까?
뜬눈으로 지새운 끝에
춤바람 난 애 엄마를
찾아 나선 걸로 짐작된다
객관적 정황은 여럿이다

꽃차례

붉되 연한 진달래와

진한 철쭉이 지고 나면

차례로 흰 꽃들이 나선다

달걀 프라이 찔레꽃

아가씨 아카시아꽃

이팝나무 알랑미꽃

휘영청 조팝나무꽃

고봉밥 흰수국꽃

하늘엔 흰구름

새벽 배송

쿠쿠팡팡

무명 속에서 여명에 쫓긴다

가까스로 다다라 세대 철문 밖에

털썩 주저앉은 헐거운 로켓 프레시

유난히도 아침잠 많은 녀석이었지

취준 몇 시즌을 날리고 고만고만한

몇 군데를 들락거리다가 하는 일이

새벽 배송일 줄이야

어쩌겠어

그도 저 팔자겠지

그나마 아비 하는 경비 일과

반틈 겹치는 일과라서

간간한 한 밥상이

다행이랄까

잡곡 밭

아내가 쾅 닫고 집을 나가고
뭉글뭉글 솟아오르던 분노의
살촉이 되돌아 시위를 향할 즈음
낯선 허기로 주방으로 기어든다
이게 뭘까?
광택 살매 곰보 바닥에
방둥이만큼이나 품 너른
쌀남박이 파릇한 새싹 밭이다
헤쳐보니 불린 혼합 잡곡이
아래로 실뿌리를 내리고
위로는 순을 밀고 있었다
물끄러미 쳐다보다가
물 한 바가지를 반만 마시고
손 받쳐 조심스레 나눠주었다
풀 죽지 말라고

일회용 (2)

왜 인생은 一生일까?

간간한 의문의 문을 연다
경계석 너머 맨땅 위로
솟아오른 쑥이

돌이켜보니
해 바뀌면 그 자리서
사라졌다 되살아나는
부활의 다년생 식물

손발톱과
터럭만이
되자라 날뿐

몸짓 퀴즈

SBS의 농촌예능 프로그램
(개그맨 최성훈이 활약했던)

시골 마당의 마주 보는 두 노인네

문제이자 정답이 적힌 스케치북을
보고 한 노인이 몸짓을 한다

주먹을 쥐고 아래로 세 번 내리치니,
목수라 대답한다
문제는 판사

주먹을 쥐고 아래로 세게 내리치니,
화투라 자신 있게 소리친다
문제는 파리채

주먹을 쥐고 수평으로 탁탁 치니,
버스 안내양!
문제는 목탁

주먹을 쥐고 앞으로 쑥 내미니,
'고얀 놈'이라 성을 낸다
문제는 권투

주먹을 쥐고 위로 치드니,
'공격 앞으로'란다
문제는 시위대

최성훈의 빵점이란 말에
낫을 들고 달려든다

스킨 앤 로션

차마 용기를
낼 수가 없었어

용기에 갇혀서
곁에서 바라만 보며
뜬눈으로 지새운 밤

구멍 품은 오름과
도톰한 겹구릉으로
고르지 않은 쿠션 베드

촉촉하게 젖은 위로

인고의 점액질이 제 몸을
포개어 덮쳐 문질러 댄다

매끈하고 반질한

아침의 오늘

문화재청 회의록

세 시간 넘게 끌어온 논란이
한 치의 간극도 좁히지 못하고
두 줄기 레일 가닥으로 평행하게
치닫기만 하자 11명 참석 위원의
거수로 정하기로 했다

결과는, 1, 2안 각 5에 기권 1

십 년 만의 신생아를 천연기념물로
지정하자는 1안과 인격체로서의
인간문화재로 지정하자는 2안이
최종 투표로도 표류하게 되었다고
기록되어 있었다

'인간 멸종사' 중에서

[작가의 말]

두서없긴 하나 본문에서
제 할 말은 다 한 듯합니다.
만만치 않은 이 구석까지의
왕림에 큰 감사를 올립니다.

수리산 태을봉 아래에서